# Les Lettres Persanes

FichesdeLecture.com

# Les Lettres Persanes
# (Fiche de lecture)

## I. INTRODUCTION

### L'œuvre :

*Les Lettres persanes* est un roman publié anonymement en 1721, construit sur une compilation de lettres qu'envoient et reçoivent deux voyageurs perses en visite à Paris. Dès sa parution, le livre est un grand succès populaire, car il bénéficie entre autres de la mode orientale qui sévit en France depuis quelques années. Les lecteurs s'amusent en découvrant les aventures d'Usbek et Rica, mais très peu perçoivent toute l'ampleur critique du travail de Montesquieu. En effet, sous couvert d'anonymat et en feignant d'adopter le point de vue d'un homme venu d'Orient, le philosophe attaque l'Église et le pouvoir monarchique, qu'il accuse de concentrer abusivement tous les pouvoirs.

### L'auteur :

Montesquieu, de son nom complet Charles Louis de Secondat, baron de La Brède et de Montesquieu, est un écrivain, philosophe et penseur politique, né en en 1689 à La Brède, près de Bordeaux et décédé en 1755 à Paris. Il se passionne dès le plus jeune âge pour les sciences, les idées, et il voyage régulièrement, ce qui lui permet d'observer des régimes politiques qu'il compare au système français. Dans *Les Lettres persanes*, il décortique la société française, ses institutions, et le fonctionnement de la monarchie. Mais c'est surtout dans *De l'esprit des lois*, son livre majeur, qu'il établit les bases de sa philosophie politique. Montesquieu est à l'origine de l'idée de la séparation des pouvoirs, pouvoirs exécutifs, législatifs et judiciaires, un principe repris par les démocraties contemporaines. Son influence est toujours d'actualité, et du fait de ses observations détaillées de la société française au XVIIIe siècle, il est parfois considéré comme le premier des sociologues.

# II. RÉSUMÉ DU ROMAN

Usbek, philosophe et homme d'État perse, se lance dans un long voyage à travers l'Europe pour s'instruire et découvrir de nouvelles cultures. Maitre d'un sérail, il a confié la surveillance de ses femmes à son premier eunuque avant de partir, mais très vite, elles lui écrivent régulièrement pour se plaindre de la situation. Usbek est inquiet, notamment parce qu'il craint que la distance ne favorise l'infidélité, qu'il devrait punir sévèrement si elle se produisait.

Il voyage pour satisfaire sa soif de connaissances, mais son périple s'apparente aussi à un exil volontaire, car, lorsqu'il siégeait à la cour de Perse, Usbek était entouré d'ennemis puissants qui lui reprochaient sa trop grande intégrité. Il dut se retirer de la vie politique et s'éloigner quelque temps de son pays natal.

En Occident, Usbek découvre de nouvelles perspectives qui mettent sa foi à l'épreuve, et il écrit au *Mollak* pour lui faire part de ses doutes. Dans le même temps, la situation au sérail se dégrade et le premier eunuque dénonce dans une lettre l'attitude belliqueuse des femmes qu'il surveille.

Usbek passe par Livourne, met le cap sur Marseille et arrive enfin à Paris. Il est d'abord frappé par la hauteur des immeubles et le rythme infernal de la ville, où les gens se déplacent en masse sans jamais ralentir. Usbek note que le roi de France dispose d'un pouvoir sans limites sur ses sujets ; il découvre aussi la femme occidentale, qu'il critique dans une lettre qu'il envoie à Roxanne, sa nouvelle favorite.

Usbek est venu en France avec Rica, un homme perse plus jeune que lui, qui se lie facilement d'amitié avec les gens qu'il rencontre. Les deux hommes se séparent pour explorer Paris et s'envoient régulièrement des lettres, qui reflètent leurs méditations sur un monde si différent du leur. Ils disent admirer la joie spontanée et naturelle des Français, qu'ils opposent à une retenue asiatique beaucoup plus discrète. Ils comparent religion chrétienne et religion musulmane, auxquelles ils trouvent de nombreuses similitudes. Rica s'interroge sur le statut de la femme tandis qu'Usbek réfléchit aux rapports entre foi et textes sacrés.

Au sérail, la situation se dégrade de jour en jour. Le premier eunuque noir veut obliger Pharan, un serviteur d'Usbek, à devenir eunuque. Le jeune Pharan est mis sous pression, maltraité, et écrit à Usbek pour lui demander sa protection. À ce moment du récit, les femmes du sérail, plus rivales que jamais, semblent s'être momentanément réconciliées.

Usbek rencontre toutes sortes d'archétypes de la société française : un prédicateur, un fermier, un militaire, un libertin sans scrupules, et d'autres encore. Il observe, analyse, se pose des questions sur les rapports entre hommes et femmes, sur la fidélité et sur le libertinage qu'il constate un peu partout autour de lui. Il s'interroge souvent sur la religion, sur sa foi, et sur l'usage intensif de la raison par les philosophes français.

Il apprend qu'une de ses filles, âgée de sept ans, va entrer au sérail. Sérail où la situation dégénère chaque jour un peu plus : les femmes se disputent entre elles et les eunuques semblent dépassés par les événements.

La question religieuse continue de tourmenter Usbek. Il se demande si chaque événement qui se produit est déterminé à l'avance par Dieu, et il n'arrive pas à comprendre que les Français puissent questionner la foi en recourant à la raison. Rica de son côté fait connaissance avec le Tout-Paris. Il visite les Invalides, se rend dans des tribunaux et rencontre chaque jour de nouvelles personnes.

Plus le temps passe, plus il observe la société française, et plus Usbek devient critique dans ses lettres. Il s'en prend au pouvoir du roi de France, qu'il juge démesuré, et lui préfère la monarchie anglaise, plus tempérée. Il remet en cause la notion d'honneur chez les nobles, à l'origine de duels meurtriers et inutiles, et il réfléchit aux notions de guerres justes et injustes. Usbek affirme que son amour pour les sciences et les idées ne feront jamais vaciller sa foi, qu'il refuse désormais de questionner.

Les deux voyageurs passent au crible la société française. Ils évoquent l'influence des femmes à la cour, la misère de la presse, désapprouvent la prohibition du divorce et la chasteté des prêtres. Usbek critique le principe des colonies au nom de la liberté des peuples et affirme que seul un pouvoir doux, juste et équitable peut créer de la prospérité dans un royaume. Il attaque violemment l'influence des courtisans, véritables parasites des palais, et il rend hommage aux savants, qui selon lui exercent un art très difficile et trop peu reconnu.

Usbek est plongé dans de profondes méditations, qui sont le but ultime de son voyage, mais son cheminement philosophique est perturbé par une inquiétude qui augmente chaque fois qu'il reçoit des nouvelles du sérail. Le premier eunuque le supplie de rentrer rapidement. Parmi ses femmes, Zelis a laissé volontairement tomber son voile sur le sol et Zachi a eu des relations avec un esclave. On a même aperçu un jeune homme rôder dans le sérail puis s'enfuir.

Usbek ordonne une répression terrible contre les femmes et les esclaves fautifs. Mais le premier eunuque meurt, et il est remplacé par Narsit. Cet événement imprévu retarde la répression voulue par Usbek, et la situation empire. Les lettres qu'envoie Usbek pour donner ses consignes disparaissent ou ne sont retrouvées que plus tard, et les problèmes de communication avec le nouvel eunuque empêchent une reprise en main rapide du sérail.

Trop inquiet, Usbek décide de rentrer en Perse et tente de convaincre Rica de repartir avec lui. Mais Rica souhaite rester plus longtemps à Paris, tandis que les femmes d'Usbek continuent de lui envoyer des lettres pour réclamer un retour immédiat.

Dans une dernière lettre, Usbek découvre que Roxanne, celle à qui il accordait toute sa confiance, n'a jamais accepté sa condition au sérail et la privation de sa liberté. Elle lui ment depuis toujours, et elle est à l'origine de biens des problèmes qui sont survenus depuis son départ. Sans espoir de recouvrer sa liberté, celle qui ne l'a jamais aimé met fin à ses jours pour se venger de lui.

# III. PRÉSENTATION DES PERSONNAGES

– Usbek

Usbek est un homme puissant, qui exerce des responsabilités à la cour du souverain de Perse. Son intégrité et sa vertu lui ont valu de nombreux ennemis au palais, ennemis qui l'ont poussé à se retirer de la vie politique.

Pour justifier ce retrait, il a prétendu qu'il souhaitait se consacrer à l'étude des sciences. Mais, ce qui n'était qu'un prétexte pour s'éloigner de la cour est devenu une véritable passion au fil du temps, et Usbek s'est lancé sans retenue dans une grande quête de savoir. Les théories scientifiques qu'il découvre le poussent à s'interroger sur le discours religieux officiel, sans toutefois faire vaciller sa foi, car c'est un homme très pieux.

En quête de connaissances, il a entrepris un grand voyage à travers l'Europe et en France pour comparer les civilisations orientales et occidentales. Il est maitre et possesseur d'un sérail, qu'il dirige d'une main de fer, n'hésitant pas à condamner à mort ceux qui ont des comportements qu'il juge inappropriés.

– Rica

Rica accompagne Usbek dans son voyage à Paris. Plus jeune, plus insouciant et plus sociable, il se lie d'amitié avec beaucoup de personnes en France et découvre rapidement le Paris mondain. Il rencontre des figures de la société française du XVIIIe siècle, se passionne pour le voyage, au point de vouloir rester plus longtemps en France lorsqu'Usbek lui demande de rentrer avec lui.

– Zachi, Zéphis, Rustan, Mirza, Roxanne, Mirza

Parmi les femmes qui font partie du sérail, ce sont celles qui sont les plus fréquemment citées. Zachi était longtemps la favorite d'Usbek, mais sa position de privilégiée s'est affaiblie peu à peu.

Roxanne est nouvelle au sérail et on dit que sa beauté est incomparable. Elle est devenue depuis peu la favorite d'Usbek, ce qui attise la jalousie des autres femmes. Mais Roxanne n'a jamais aimé Usbek ni accepté qu'il la prive de sa liberté. Elle lui ment depuis toujours, et elle est à l'origine des perturbations qui ont lieu.

– Le Premier eunuque

Le premier eunuque est chargé de surveiller et administrer le sérail en l'absence d'Usbek. Il déteste sa condition et son existence. On lui a ôté ses organes génitaux sans qu'il ne perde pour autant le désir. Il est donc soumis constamment à une tentation à laquelle il ne peut céder, pour des raisons d'impossibilité physiologique, mais aussi parce qu'il serait puni de mort s'il manifestait une attirance pour les femmes du sérail. Il a développé au fil des années une haine farouche des femmes et un gout pour l'autorité, qui le poussent parfois à abuser de son pouvoir.

# IV. AXES DE LECTURE

Montesquieu est un des philosophes des Lumières, dont il est l'un des plus illustres représentants. Pour les penseurs des Lumières tels que Voltaire, Rousseau, Diderot, et d'autres au XVIIIe siècle, il faut recourir à la raison, c'est-à-dire utiliser à notre capacité à produire des raisonnements logiques et rationnels, pour interroger le monde qui nous entoure et parvenir à des vérités. La raison est comme une torche incandescente que le philosophe utilise pour avancer dans les ténèbres des croyances irrationnelles, qui permet de questionner les pouvoirs établis, qu'ils soient religieux, politiques ou économiques. *Les Lettres persanes* participent entièrement de cette logique, même si l'auteur jugeait plus prudent de recourir à l'anonymat et au relativisme culturel pour se protéger.

– Une sociologie avant l'heure ?

## Atouts du regard étranger

Les thèses et les critiques de Montesquieu sont explosives pour l'époque. Qu'elles soient dirigées contre certaines corporations, ou contre les pouvoirs religieux et politiques, elles sont de nature à lui attirer d'importants ennuis. Au XVIIIe siècle, on peut encore aller en prison ou à l'échafaud pour ses idées.

Il fallait donc que l'auteur avance prudemment, ce qui explique en partie la forme si particulière du livre, dit « roman épistolaire » et le choix de l'origine des personnages. L'Orient est à la mode en France à cette époque. Le public se passionne pour les histoires exotiques et rit beaucoup en découvrant les points de vue de personnages si différents. Mais la plupart des lecteurs ne perçoivent pas la stratégie de Montesquieu. Stratégie qui consiste à critiquer un pays, la Perse, et une religion, l'Islam, pour en faire des miroirs de la société française, que l'auteur tend à qui voudra bien s'en saisir.

Usbek se demande par exemple « *d'où vient que notre législateur nous prive de la chair de pourceau ?* ». Il essaie de savoir s'il existe une explication logique et légitime à la privation de porc dans sa religion, l'Islam. Mais la question du porc et de l'Islam n'est pas la véritable intention de Montesquieu, puisque c'est la religion chrétienne qu'il vise, en affirmant qu'il est nécessaire d'utiliser la raison pour remettre en cause certains dogmes, et surtout l'autorité de ceux qui édictent les lois religieuses.

Cette méthode choisie par Montesquieu lui permet d'aborder de nombreux sujets, et il est important de bien en comprendre le fonctionnement pour pouvoir décrypter le livre dans son ensemble. Chaque fois qu'il interroge la société perse, ses croyances, ses monarques, on peut en déduire des questions qui concernent le pays dans lequel il écrit, la France.

L'utilisation du regard étranger lui permet aussi de distiller un peu de relativisme culturel et d'attaquer des croyances qui n'ont de sens que dans les frontières d'un royaume. Des croyances qui deviennent absurdes dans d'autres pays, car, comme le dit Rica, *« si les triangles faisaient un dieu, il aurait trois côtés »*. Autrement dit, ce qui nous semble naturel ou d'essence divine trouve souvent une explication différente lorsqu'on le pense comme un fait culturel. Une croyance n'est jamais absolue, mais elle est relative, et sa vérité change en fonction des lieux et des époques.

## Satire de la société du XVIIIe siècle

Si Montesquieu est parfois considéré comme le premier des sociologues, c'est entre autres pour la description précise d'archétypes sociaux que l'on découvre dans *Les Lettres persanes*. L'appellation de sociologue est discutable, mais on pourrait parler aussi de satiriste, tant il évoque avec humour et ironie les travers et les défauts de la société dans laquelle il vit.

Par exemple pour Montesquieu, l'Académie française est un endroit où *« ceux qui la composent n'ont d'autre fonction que de jaser sans cesse »*, tandis que les hommes d'Église qui ont fait vœu de pauvreté *« ont en mains presque toutes les richesses de l'État »*. Il se moque de l'esprit de cour, qu'il juge superficiel et de tous ces hommes qui achètent des livres pour y apprendre et mémoriser de bons mots, qu'ils ressortiront aux moments opportuns. Il affirme aussi que bien des juges ne connaissent pas la loi et que le jeu est un vice dangereux.

Montesquieu prend également des positions d'une étonnante modernité, dont certaines sont toujours d'actualité. Ainsi, il nous confie que *« le plus grand tort qu'ont les journalistes, c'est qu'ils ne parlent que des livres nouveaux, comme si la vérité était jamais nouvelle »*. Il attaque la presse qu'il considère comme de la littérature médiocre et critique le célibat des prêtres, qui est *« une famille éternelle où il ne nait personne et qui s'entretient aux dépens de toutes les autres »*. Au nom de la fécondité et de la démographie, il estime que la prohibition du divorce est absurde et il remet en cause le droit d'ainesse qui détruit l'égalité entre les citoyens.

# Frivolité française

Usbek et Rica s'étonnent de ce qu'ils découvrent à Paris, mais le sujet sur lequel ils reviennent avec le plus d'insistance, c'est la frivolité des mœurs et des comportements en France. Cette tendance à la légèreté, au badinage, au libertinage, caractérise bien le peuple français selon Montesquieu, un peuple qui souvent aussi fait preuve d'égocentrisme.

Rica dit des Français : « *je vois de tous les côtés des gens qui parlent sans cesse d'eux-mêmes* » et que « *leurs conversations sont un miroir qui présente toujours leur impertinente figure* ». Usbek lui, estime que les femmes françaises sont d'humeur légère et superficielle, et que leur principale préoccupation est de paraitre éternellement jeunes.

Mais c'est dans le rapport à la fidélité que les Français se distinguent le plus des mœurs orientales. Ils estiment que l'adultère est un fait inéluctable, car le désir est un sentiment qui évolue au cours d'une existence et donc « *ils regardent les infidélités comme les coups d'une étoile inévitable* ».

Ainsi, les Français se consacrent sans pudeur au badinage, qui « *semble être venu à former le caractère général d'une nation* ». Mais Montesquieu, bien que très critique sur de nombreux points, ne condamne pas pour autant une telle attitude, qu'il estime plutôt saine et de bon sens. Il s'agit de prendre le meilleur parti d'un état de fait plutôt que de le combattre en vain, ce qui permet aux Français d'accéder à une tranquillité d'esprit qui « *n'est pas fondée sur la confiance qu'ils ont en leurs femmes, c'est au contraire sur la mauvaise opinion qu'ils en ont* ».

Les deux voyageurs perses envient cette sérénité qui permet d'éviter les peines, les angoisses et les douleurs que provoquent la jalousie, le ressentiment et la crainte permanente de l'infidélité.

–   Critique raisonnée de la religion

## Opposer la raison aux miracles et aux dogmes

Usbek est porteur d'une dualité qui le fait souffrir lorsqu'elle se transforme en contradiction. Il est à la fois philosophe et homme de foi, et il critique la théologie tout en obéissant à ses préceptes. Ce personnage complexe permet à Montesquieu d'interroger la religion en utilisant la raison, en recourant a une pensée argumentée, rationnelle, presque scientifique.

Montesquieu ne remet pas en cause l'existence de Dieu ni les fondements du christianisme, mais il attaque certains dogmes ou hommes d'Église qui utilisent la religion pour assoir leur pouvoir. Il s'en prend à tous ceux qui professent des discours que la raison permet de démonter. Il rappelle qu'il est plus facile de faire peur avec des images de l'enfer que de décrire ce qu'est le paradis et nous dit à propos des hommes qu'« *au lieu de s'appuyer sur la raison, ils se font des monstres qui les intimident* ».

Pour Montesquieu, le pape est certainement le premier des magiciens lorsqu'il prétend descendre directement de Saint-Pierre et il est temps de débarrasser le christianisme de toute la magie qui l'accompagne. Le pain en tant que corps du Christ doit être entendu comme une métaphore et ne plus être pris au sens strict. Montesquieu rappelle au sujet des récits miraculeux de la bible que « *les chrétiens sensés regardent toutes ces histoires comme une allégorie bien naturelle* ». Par exemple, les démons qui martyrisent les chrétiens dans les récits bibliques doivent être entendus comme des symboles de la tentation et non pas comme des êtres réels.

Toujours en s'appuyant sur la raison, Montesquieu critique la position de l'Église vis-à-vis des sciences, qu'elle condamne systématiquement. Les chercheurs du XVIIIe siècle parviennent à expliquer par la science des faits qui semblaient jusque là de nature magique (à cette époque, Newton a déjà publié sa loi universelle de la gravitation) ; et le philosophe rappelle que « *tous les savants étaient autrefois accusés de magie* ». Ainsi, Usbek, pourtant très pieux, confie que « *La connaissance de cinq ou six vérités (...) leur a fait faire plus de prodiges et de merveilles que tout ce que nous racontent nos saints prophètes* ».

Pour Montesquieu, on peut parvenir à des explications rationnelles si on prend le temps d'étudier des faits. Grâce aux sciences qui se développent, les hommes seront en mesure de se méfier des discours magiques professés par l'Église.

## Qu'est-ce qu'un bon chrétien ?

Montesquieu critique une religion qui s'oppose aux sciences, à la raison, et qui répand des discours irrationnels que la crainte de l'enfer permet de faire accepter. Pour autant, le philosophe ne remet pas en cause l'idée de Dieu. Il considère plutôt qu'un autre christianisme est possible, et il donne son point de vue sur ce que signifie se comporter en véritable chrétien.

Le bon chrétien, et il est rare selon Montesquieu, doit vivre en suivant les premiers enseignements du Christ, c'est-à-dire par l'acte d'amour envers son prochain, en faisant preuve de tolérance, de compassion, autant de vertus qui concernent le christianisme, mais aussi toutes les autres religions, car *« dans quelque religion qu'on vive, l'observation des lois, l'amour pour les hommes, la piété envers les parents sont toujours les premiers actes de religion »*.

C'est par un raisonnement logique qu'il arrive à cette conclusion : si on part du principe que Dieu aime les hommes, alors pour plaire à Dieu, il faut suivre son exemple et aimer les hommes aussi. Tout le reste pour Montesquieu n'est que discours inutiles, et seule cette idée centrale de l'amour des hommes donne leur sens aux religions.

## Intolérance des religions

Montesquieu épargne la spiritualité, mais remet en cause les pouvoirs temporels de l'Église et des religions en général. Il estime que les responsables religieux manquent d'ouverture d'esprit et qu'ils protègent des intérêts souvent politiques, alors qu'ils devraient au contraire montrer plus de tolérance à l'égard des autres croyances.

Un homme dans le roman est à la recherche de sa propre spiritualité et tente de se renseigner pour savoir comment il pourrait servir Dieu. Mais rapidement, il est déçu, et confie au créateur dans une prière que *« chaque homme que je consulte veut que je vous serve à la sienne »*. Pour Montesquieu, l'Église a relégué la spiritualité au second plan, après les intérêts politiques. Du désir de domination sont nés de nombreux conflits au sujet desquels il dit que *« ce n'est point la multiplicité des religions qui a produit ces guerres, c'est l'esprit d'intolérance de celle qui se croyait la dominante »*.

La tolérance est pourtant une vertu enseignée par le Christ, mais elle n'existe que rarement chez ceux qui la professent. Et il est dommage de ne pas comprendre qu'elle constitue pourtant une véritable arme politique : Usbek constate que les minorités religieuses tolérées en Perse sont dévouées et travailleuses, car elles doivent compenser par leur activité les inégalités de conditions et de droits qu'elles subissent. Montesquieu incite à la tolérance des minorités religieuses aussi parce qu'*« une secte nouvelle introduite dans un état était le moyen le plus sûr de corriger tous les abus de l'ancienne »*.

Il démontre que la tolérance est une vertu essentielle du corps social, et aussi une arme politique redoutable. Il fait également remarquer que les religions monothéistes partagent des valeurs, des enseignements, des racines qui devraient les rapprocher plutôt que de les pousser à l'affrontement, car comme dit Usbek à propos des chrétiens « *si on examine de près leur religion, on y trouvera une semence de nos dogmes* ».

Encore une fois, c'est en faisant fonctionner la raison que Montesquieu tente de démontrer de manière logique et argumentée que la tolérance religieuse est indispensable aux peuples. Il pose cette question par la voix d'Usbek : Dieu peut-il punir pour une religion qu'il n'a jamais fait connaitre ? Un homme né dans un pays où le christianisme n'existe pas, et qui mourrait sans être devenu chrétien pourrait-il être puni, alors qu'il n'est pas responsable ? La justice divine serait-elle à ce point incohérente ?

–   Positions politiques

## Critique de la cour

Usbek voyage par amour de la science et des découvertes, mais aussi pour des raisons plus sombres qui nous éclairent sur ce que Montesquieu pense de la cour du roi. En effet, Usbek confie dans une lettre qu'il a été contraint de quitter la cour pour une raison inattendue : « *je formai même un grand dessein, j'osai y être vertueux* ». Son honnêteté lui a attiré des ennuis, car c'est une qualité qui devient rapidement un handicap lorsqu'il s'agit de participer au jeu politique.

Montesquieu réfléchit sur l'exercice du pouvoir et critique le souverain, mais s'en prend surtout à tous les personnages qui gravitent autour du roi et forment la cour. Il dénonce les flatteurs et autres courtisans, qui ne cherchent qu'à obtenir des pensions, et donc à vivre indirectement sur le dos du peuple. La flatterie et le mensonge sont des poisons qui tuent lentement la confiance qu'on accorde au roi, et qui empêchent qu'une gouvernance équitable se mette en place.

En fonction de son âge, le souverain est plus ou moins manipulable, sensible aux flatteries et à l'influence des femmes et maitresses qui usent de leurs charmes pour obtenir des faveurs. Une pratique tellement répandue que Montesquieu écrit que « *les femmes en général gouvernent (...), mais même se partagent en détail, toute l'autorité* » et qu'« *il n'y a personne qui ait quelque emploi à la cour (...) qui n'ait une femme par les mains de laquelle passent toutes les grâces* ».

Le danger que font peser les courtisans et courtisanes sur l'exercice du pouvoir, c'est de faire passer les intérêts personnels avant l'intérêt général, qui normalement devrait être la seule préoccupation du monarque. Mais le roi est un homme, il peut donc être corruptible, faible, influençable, et susceptible de manipulations, car « un prince a des passions, le ministre les remue ».

## Critique du pouvoir absolu

Montesquieu est à l'origine du principe de séparation des pouvoirs, législatifs, exécutifs et judiciaires. Il est donc très critique envers la monarchie absolue telle qu'elle se pratique en France, d'autant que l'auteur a connu le règne de Louis XIV, paroxysme de l'absolutisme.

Usbek constate que « *le roi de France est le plus puissant prince d'Europe* », qu'il « *est un grand magicien (...) il les faits penser comme il veut* ». Si le voyageur perse conclut que le pouvoir du roi de France n'a pas d'équivalent en Europe, c'est une manière pour Montesquieu d'insinuer qu'il existe des régimes où l'autorité royale est tempérée par d'autres pouvoirs, comme en Angleterre par exemple.

Le pouvoir absolu est critiqué par Montesquieu, car il favorise les intérêts personnels au détriment de l'intérêt général. La monarchie française telle qu'elle est organisée permet la faveur, qui « *est la grande divinité des Français* », et comme en Perse, « *les emplois et les dignités ne sont que des attributs de la fantaisie du souverain* ».

Il faut rappeler une fois encore que Montesquieu, dans la grande tradition des Lumières, critique le pouvoir royal en s'appuyant sur la raison, pour mieux dénoncer tout ce que ce pouvoir comporte d'irrationnel. Il critique un roi qui vis-à-vis de son peuple leur « *faire croire qu'il les guérit de toutes sortes de maux en les touchants* » et qui pour financer la guerre peut « *leur mettre dans la tête qu'un morceau de papier est de l'argent* ».

Usbek estime qu'après la mort de Louis XIV, la France a été administrée correctement, ce qui n'était plus arrivé depuis très longtemps. Et l'auteur ne manque pas de faire remarquer qu'après la mort du Roi-Soleil, on a créé beaucoup plus de ministères qu'ils n'en existaient auparavant. Autrement dit, le pouvoir absolu a été réparti entre les mains de plusieurs hommes, et cette séparation de fait a permis de mettre en place une politique efficace et cohérente.

## Mettre la vertu et la justice au cœur du pouvoir

Dans une de ses lettres, Mirza confie à Usbek *« je t'ai souvent ouï dire que les hommes étaient nés pour être vertueux, et que la justice est une qualité qui leur est aussi propre que l'existence »*. Montesquieu, comme Rousseau, croit en une bonté naturelle de l'homme qu'il faut réactiver.

L'exercice du pouvoir doit donc être à l'image de cette nature fondamentalement bonne, et la vertu doit être placée au centre des préoccupations. Pour se faire obéir, un souverain ne doit pas s'appuyer sur la terreur et la menace, mais sur la gratitude, la bienfaisance, la justice et la tempérance, car *« la douceur du gouvernement contribue merveilleusement à la propagation de l'espèce. Toutes les Républiques en sont une preuve »*. À la monarchie absolue telle qu'elle existe en France, Montesquieu oppose *« ces Républiques qui firent si fort fleurir la Grèce »*.

Pour qu'il apparaisse légitime et qu'il obtienne l'obéissance de ses sujets, le monarque doit être juste et équitable. Montesquieu estime que les ministres ont un devoir d'exemplarité et que leurs actes doivent être moraux, car ils influencent la population dans son ensemble. De la même manière, un prince ne peut pas faire la guerre pour des raisons personnelles, et une déclaration de guerre doit toujours être un acte de justice : soit pour se défendre ou pour défendre un pays agressé. Les traités de paix ne sont légitimes que s'ils visent à la conservation des peuples, et la rédaction du droit et des lois ne doit plus être *« une science de l'injustice »*, mais doit s'appuyer sur la raison pour servir l'intérêt des individus et des populations.

## Pour aller plus loin

Montesquieu fait fonctionner un outil très puissant, la raison, pour analyser un grand nombre de sujets dans *Les Lettres persanes*. Le contenu du livre est dense et l'auteur aborde énormément de thèmes, dont certains n'ont pu être traités ici, tant ils sont nombreux. Il soulève des questions telles que la place de la femme, l'injustice des colonies, la théorie des climats, les thèmes de la sensualité, de la liberté, du libertinage, et bien d'autres encore. C'est une pensée dense et profonde, celle d'un philosophe parmi les plus importants de son époque.

# Dans la même collection en numérique

- 17 -

*Les Misérables*
*Le messager d'Athènes*
*Candide*
*L'Etranger*
*Rhinocéros*
*Antigone*
*Le père Goriot*
*La Peste*
*Balzac et la petite tailleuse chinoise*
*Le Roi Arthur*
*L'Avare*
*Pierre et Jean*
*L'Homme qui a séduit le soleil*
*Alcools*
*L'Affaire Caïus*
*La gloire de mon père*
*L'Ordinatueur*
*Le médecin malgré lui*
*La rivière à l'envers - Tomek*
*Le Journal d'Anne Frank*
*Le monde perdu*
*Le royaume de Kensuké*
*Un Sac De Billes*
*Baby-sitter blues*
*Le fantôme de maître Guillemin*
*Trois contes*
*Kamo, l'agence Babel*
*Le Garçon en pyjama rayé*
*Les Contemplations*

*Escadrille 80*

*Inconnu à cette adresse*

*La controverse de Valladolid*

*Les Vilains petits canards*

*Une partie de campagne*

*Cahier d'un retour au pays natal*

*Dora Bruder*

*L'Enfant et la rivière*

*Moderato Cantabile*

*Alice au pays des merveilles*

*Le faucon déniché*

*Une vie*

*Chronique des Indiens Guayaki*

*Je voudrais que quelqu'un m'attende quelque part*

*La nuit de Valognes*

*Œdipe*

*Disparition Programmée*

*Education européenne*

*L'auberge rouge*

*L'Illiade*

*Le voyage de Monsieur Perrichon*

*Lucrèce Borgia*

*Paul et Virginie*

*Ursule Mirouët*

*Discours sur les fondements de l'inégalité*

*L'adversaire*

*La petite Fadette*

*La prochaine fois*

*Le blé en herbe*

*Le Mystère de la Chambre Jaune*

*Les Hauts des Hurlevent*

*Les perses*

*Mondo et autres histoires*

*Vingt mille lieues sous les mers*

*99 francs*

*Arria Marcella*

*Chante Luna*

*Emile, ou de l'éducation*

*Histoires extraordinaires*

*L'homme invisible*

*La bibliothécaire*

*La cicatrice*

*La croix des pauvres*

*La fille du capitaine*

*Le Crime de l'Orient-Express*

*Le Faucon malté*

*Le hussard sur le toit*

*Le Livre dont vous êtes la victime*

*Les cinq écus de Bretagne*

*No pasarán, le jeu*

*Quand j'avais cinq ans je m'ai tué*

*Si tu veux être mon amie*

*Tristan et Iseult*

*Une bouteille dans la mer de Gaza*

*Cent ans de solitude*

*Contes à l'envers*

*Contes et nouvelles en vers*

*Dalva*

*Jean de Florette*

*L'homme qui voulait être heureux*

*L'île mystérieuse*

*La Dame aux camélias*

*La petite sirène*

*La planète des singes*

*La Religieuse*

*1984 A l'Ouest rien de nouveau*

*Aliocha*

*Andromaque*

*Au bonheur des dames*

*Bel ami*

*Bérénice*

*Caligula*

*Cannibale*

*Carmen*

*Chronique d'une mort annoncée*
*Contes des frères Grimm*
*Cyrano de Bergerac*
*Des souris et des hommes*
*Deux ans de vacances*
*Dom Juan*
*Electre*
*En attendant Godot*
*Enfance*
*Eugénie Grandet*
*Fahrenheit 451*
*Fin de partie*
*Frankenstein*
*Gargantua*
*Germinal*
*Hamlet*
*Horace*
*Huis Clos*
*Jacques le fataliste*
*Jane Eyre*
*Knock*
*L'homme qui rit*
*La Bête humaine*
*La Cantatrice Chauve*
*La chartreuse de Parme*
*La cousine Bette*
*La Curée*
*La Farce de Maitre Pathelin*
*La ferme des animaux*
*La guerre de Troie n'aura pas lieu*
*La leçon*
*La Machine Infernale*
*La métamorphose*
*La mort du roi Tsongor*
*La nuit des temps*
*La nuit du renard*
*La Parure*

*La peau de chagrin*
*La Petite Fille de Monsieur Linh*
*La Photo qui tue*
*La Plage d'Ostende*
*La princesse de Clèves*
*La promesse de l'aube*
*La Vénus d'Ille*
*La vie devant soi*
*L'alchimiste*
*L'Amant*
*L'Ami retrouvé*
*L'appel de la forêt*
*L'assassin habite au 21*
*L'assommoir*
*L'attentat*
*L'attrape-coeurs*
*Le Bal*
*Le Barbier de Séville*
*Le Bourgeois Gentilhomme*
*Le Capitaine Fracasse*
*Le chat noir*
*Le chien des Baskerville*
*Le Cid*
*Le Colonel Chabert*
*Le Comte de Monte-Cristo*
*Le dernier jour d'un condamné*
*Le diable au corps*
*Le Grand Meaulnes*
*Le Grand Troupeau*
*Le Horla*
*Le jeu de l'amour et du hasard*
*Le Joueur d'échecs*
*Le Lion*
*Le liseur*
*Le malade imaginaire*
*Le Mariage de Figaro*
*Le meilleur des mondes*

*Le Monde comme il va*

*Le Parfum*

*Le Passeur*

*Le Petit Prince*

*Le pianiste*

*Le Prince*

*Le Roman de la momie*

*Le Roman de Renart*

*Le Rouge et le Noir*

*Le Soleil des Scortas*

*Le Tartuffe*

*Le vieux qui lisait des romans d'amour*

*L'Ecole des Femmes*

*L'Ecume Des Jours*

*Les Bonnes*

*Les Caprices de Marianne*

*Les cerfs-volants de Kaboul*

*Les contes de la Bécasse*

*Les dix petits nègres*

*Les femmes savantes*

*Les fourberies de Scapin*

*Les Justes*

*Les Lettres Persanes*

*Les liaisons dangereuses*

*Les Métamorphoses*

*Les Mouches*

*Les Trois mousquetaires*

*L'étrange cas du Dr Jekyll et de Mr Hyde*

*L'Ile Au Trésor*

*L'île des esclaves*

*L'illusion comique*

*L'Ingénu*

*L'Odyssée*

*L'Ombre du vent*

*Lorenzaccio*

*Madame Bovary*

*Manon Lescaut*

*Micromégas*
*Mon ami Frédéric*
*Mon bel oranger*
*Nana*
*Ne tirez pas sur l'oiseau moqueur*
*Notre-Dame de Paris*
*Oliver twist*
*On ne badine pas avec l'amour*
*Oscar et la dame rose*
*Pantagruel*
*Le Misanthrope*
*Perceval ou le conte du Graal*
*Phèdre*
*Ravage*
*Roméo et Juliette*
*Ruy Blas*
*Sa Majesté des Mouches*
*Si c'est un homme*
*Stupeur et tremblements*
*Supplément au voyage de Bougainville*
*Tanguy*
*Thérèse Desqueyroux*
*Thérèse Raquin*
*Ubu Roi*
*Un Barrage contre le Pacifique*
*Un long dimanche de fiançailles*
*Un secret*
*Vendredi ou la vie sauvage*
*Vipère au poing*
*Voyage au bout de la nuit*
*Voyage au centre de la terre*
*Yvain ou le Chevalier au lion*
*Zadig*

# À propos de la collection

La série FichesdeLecture.com offre des contenus éducatifs aux étudiants et aux professeurs tels que : des résumés, des analyses littéraires, des questionnaires et des commentaires sur la littérature moderne et classique. Nos documents sont prévus comme des compléments à la lecture des oeuvres originales et aide les étudiants à comprendre la littérature.

Fondé en 2001, notre site FichesdeLectures.com s'est développé très rapidement et propose désormais plus de 2500 documents directement téléchargeables en ligne, devenant ainsi le premier site d'analyses littéraires en ligne de langue française.

FichesdeLecture est partenaire du Ministère de l'Education du Luxembourg depuis 2009.

Plus d'informations sur www.fichesdelecture.com

**Notes :**